AF422719

casasolaeditores.com

PARTIENDO A LA LOCURA
Martín Cálix

PARTIENDO A LA LOCURA

D.R. Martín Cálix ©

© Para la primera edición Ñ Editores. 2011

El Progreso, Yoro, Honduras, C.A.

neditores@gmail.com

Impreso en Estados Unidos en su segunda edición por casasolaeditores.com

Diseño de portada: casasola editores

En portada y en interiores: Ilustraciones de Lucía Otero

Fotografía del autor de Fabricio Estrada

Diagramación: casasola editores

ISBN: 978-99926-56-83-9

PARTIENDO A LA LOCURA

Martín Cálix

"Estoy muy solo y triste acá
en este mundo abandonado.
Tengo una idea es la de irme
al lugar que yo más quiera.
Me falta algo para ir
pues caminando yo no puedo,
construiré una balsa y me iré
a naufragar.
Tengo que conseguir mucha madera,
tengo que conseguir de donde pueda,
y cuando mi balsa esté lista
partiré hacia la locura,
con mi balsa yo me iré
a naufragar…"

Tanguito

Índice

Tríptico 1: Lluvia Interior

Conversación telefónica
durante y después de la lluvia

A Joanna
-por las incansables charlas telefónicas-

Aquella noche llovió.

Cada vez que llueve la tristeza me invade y no puedo evadirla. Hasta podría decirse que la tristeza llega a clavar sus uñas en mi espalda. Como una fiera en celo me acecha. En esos momentos *siento que me voy*, pero uno siempre busca algo de que aferrarse, entonces pensé en ella. En esa mujer que no conozco. Que sólo he visto una vez en la vida. He llegado a cuestionarme haber pensado en su rostro y su pelo negro largo, en tratar de recordar como con su mano izquierda acomodaba el mechón de su pelo que parecía no obedecer a la orden de quedarse en su lugar, y vino a mí la duda más quebrantadora para un hombre en esa situación y en medio del ruido de la lluvia y la oscuridad de la tarde que comenzaba a darle paso a la noche, que se precipitaba rápidamente desde el oriente, dije para mí mismo: -¿Estará pensando en vos?-

A Juana sólo la he visto una vez.

La recuerdo en el 1331 tomándose un vaso de *té frío* a las 10:30 am de aquel sábado en que nos conocimos, ese día hablamos de nuestro quehacer en el arte. Ella actriz. Yo poeta. Pero mientras esa fabulosa charla se desarrollaba Juana esperaba su reunión semanal de voluntarios para esa organización con nombre de mujer y yo pastas para almorzar.

Pero el caso es que la lluvia de esa noche me hizo sentirme triste. La recordé por alguna extraña razón y sin pensarlo mucho me decidí a enviarle el primer mensajito de texto…

+50499019901: :(
+50499009900: por qué estás triste?
+50499019901: llueve, en Progreso la noche se puso triste!
+50499009900: aquí también llueve y no hay luz, estoy escuchando opera…
+50499019901: pues aquí también se había interrumpido la electricidad! No me gusta la opera, yo escucho Pedro Guerra
+50499009900: la música te hace sentir diferente!
+50499019901: te transporta… sin duda la música es mi última guarida…
+50499009900: yo la uso para relajarme, es un buen escape!
+50499019901: sí, …sobre todo para mí es como un "elemento", es decir, que tiene el poder

de recrearme.

+50499009900: a mí me transforma…

+50499019901: sí? …hoy me siento una masa amorfa…

+50499009900: jajajaja yo todos estos días me he sentido así…

+50499019901: y vos por qué?

+50499009900: perdí la forma, de pronto no hay sabor en estos días. Y vos?

+50499019901: la soledad muerde mis pies… me harta su ladrido de perro carroñero que se alimenta del cadáver que dejé olvidado en mi almohada.

+50499009900: olvidado en la almohada… interesante. Mis sentidos se tienen una revolución.

+50499019901: tus sentidos? (…)

+50499009900: sí. No ven, no escuchan, no sienten, no saborean, no gritan.

+50499019901: pobre de tu novio!

+50499009900: jajajajaja! Sí pobre.

+50499019901: poneles orden…

+50499009900: jajaja! Ocupo semáforos, para ordenarlos! Hey y al fin tus libros se secaron?

+50499019901: sí, dos catálogos son los que se echaron a perder!

+50499009900: ah que triste, quizás los podés conseguir de nuevo.

+50499019901: no creo…

+50499009900: por qué?

+50499019901: ¡porque ya no se pueden conseguir! Están agotados…

+50499009900: ohhh! Que mal.

+50499019901: sí, mal. Es que creo que no podré ir el 16…

+50499009900: :/ no te preocupes! En otra ocasión será.

+50499019901: es que aún no me pagaron las fotografías…

+50499009900: hijole! Que mal.

+50499019901: sí… esta semana me tienen que pagar…

Más tarde escuchaba una vieja canción. *Son Desangrado.* Pero cuando las canciones son de Silvio no son viejas, cuando las canciones son de Silvio existen atemporales. Esta en especial, si en vez de canción fuera una lanza, literalmente atravesaría mi flácido cuerpo, sobre todo en la parte en que dice que *el corazón se ahogaba de ternura, de ganas de morir multiplicado y hoy es un corazón tan mutilado que ha conseguido morir de cordura.* Ahora que recuerdo tan bien la canción, quisiera olvidar tanto, quisiera poder dejarme, como le dije a Juana, como cadáver olvidado en mi almohada. Quizás ya lo haya hecho.

A la mañana siguiente abrí los ojos queriendo identificar dónde estaba, y al instante reconocí la voz de mi madre. Había amanecido en el sofá que adorna su sala. No fui capaz de dormir en mi apartamento. Por miedo al cadáver tal vez. Por miedo a mí es más seguro.

Ahora quisiera también hacer estaciones de reflexión acerca de todo lo que me pasa, he pensado en hacerlo, en invitar a un amigo por estación para que me haga compañía, pero sólo invitaré a los locos. Tan locos como yo. *Locos por la canabis, locos de la rodilla para abajo, locos de media luna*, diría Connolly, quien tiene el grado de loco mayor en mi cielo de locos atrevidos que desafían a la vida para vivir *del sueño a la poesía*. Seguramente Juana sabe que ya tiene asegurada una estación y no creo que le moleste, pero presiento que es tan ecléctica como lo soy yo.

Sí, ¡Ahora recuerdo! – Me dije tras mojarme el rostro con agua fría, después de levantarme lentamente del sofá en la sala de mi madre –. Ese poema que escribí tratando de explicarme, como quien se habla a sí mismo viéndose a los ojos reflejados en el espejo. Ese poema era para explicarme que estoy loco. Que la cotidianidad, aquella, devoraba mi esencia. Lo recuerdo como en el día en que lo escribí:

Hay días en los que soy un payaso
y todos se ríen de mí.
Hay otros en los que soy buzzlightyeear
y todo me parece genial, hermoso y transparente.
Pero hay en los que soy una puta
en esos días me pongo de alquiler
por un cigarro, por un café, por un beso en tu espalda...
la verdad casi por cualquier cosa.

Después de revolver recuerdos e indagar en mi locura, vi hacia la calle frente a la casa de mi madre y vi que sólo quedaba el rastro de la lluvia nocturnal. Lluvia que ocultó a la luna. Lluvia que me entristeció. Lluvia que hizo volver a mí la imagen de Juana. ¿Existe acaso Juana? – me pregunté –. ¡Claro que existe! – me dije seguidamente –. ¿Si no, quién contesta mis mensajes? Ella no puede ser parte de esas clásicas evasiones mías. Juana no puede ser parte de una inventada realidad, en donde sufro de ser un poeta y ella de ser una actriz.

Luego tuve un incontrolable impulso de llamarle, de oír su voz como en otras ocasiones lo había hecho. Pensé que su voz entonces podría aliviar la sensación de soledad. Su voz podría re-dibujar su rostro difuso.

+50499019901: llamada en proceso…
+00000000000: ¡lo siento… su saldo es insuficiente
                        para completar esta llamada!

¡Qué mierda! en lugar de la voz de Juana escuché la fría voz de la máquina contestadora de la compañía de telefonía celular. La conclusión a la que llegué para no mortificarme más esa mañana es que Juana existe. Ella es tan imaginada como real. Tan imaginada como el *Sgt. Pepper's Lonely Hearts Club Band*. Tan real como *Whean I´m Sixty-Four*. Tan imaginada como la ciudad donde habita, tan real como la lluvia.

Breve lluvia del 4 de abril

"para que no tengamos nunca más soledad"
Fito Páez

La breve lluvia de la tarde del 4 de abril nos empapo los sueños. Nos encontrábamos refugiados entre cafeína y alquitrán que combinaban perfectos en una conversación intermitente. Evadimos al mundo y mandamos a la mierda los demonios que siempre han rondado a nuestras espaldas.

Habrá entonces que repetir la osada imagen y enmarcarla para adornar algún jardín… que huela a nosotros ese jardín. Esa tarde declaraste a abril como "la estación de la ilusión", eras una niña que jugaba a imaginar el mundo en un cristal. Eras vos.

Como Angeline me había pedido que le escribiera algo que le ayudara a recordar aquella tarde en el Dunkin del boulevard, donde hablamos de todo y de nada, entonces se lo escribí, pero por lo precaria que ha sido nuestra relación no se lo he dado aún.

La miré tan natural. No vi ni un trazo de mentira en sus ojos esa tarde.

Pero ahora que hago el balance de la situación me doy cuenta de lo que en realidad pasa, Angeline es tan breve. Breve como la lluvia que nos acompañó el café. Breve como sólo ella puede serlo. Breve como la brevedad de mi sueño. Breve como su intento de ser fotógrafa. Breve como pensar en Lennon y McCarney y querer ser uno de ellos. Breve como su *I Want To Hold Your Hand*. Breve como pensar en decírselo. *Oh please, say to me, you'll let me be your man.*

Pero luego pienso que no es un problema de ella únicamente, tampoco es un problema de las mujeres. El problema es que todos somos breves de alguna manera o tenemos el problema de la brevedad en nuestras vidas. No es un café sino un cafecito. No es hagamos el amor sino echemos un rapidín. No es nos sentamos y lo hablamos sino nos chequeamos por mensajitos. Todo en nosotros es breve.

La última vez que hablé con Angeline ella llamó a mi celular por la noche. 10:00 pm. Respondí tan asombrado como su efusivo saludo al otro lado del frío medio de comunicación que decidió utilizar.

Hola preciosa –contesté–.

¡Aja vos!, ¿ya estabas dormido? – me preguntó –.

Reí al escuchar su pregunta. Le contesté que no dormía. Sentí su alivio por el ritmo de su respiración. Llamaba para pedirme un consejo amoroso, y no pude evitar la carcajada y el hecho que me apenara seguidamente.

Le pedí que me explicará en qué consistía su pena amorosa y después exclamé: ¡estoy mal, ahora los cipotes me piden consejos de amor, qué mierda, ya estoy viejo! Angeline rió e hizo de mi queja una afirmación. ¡Estás viejo loco! En ese momento pensé en McCarney y su vejez, pensé en que posiblemente hiciera mía, hoy más que nunca, a su *When I'm Sixty-Four.* Es verdad, ¡estoy viejo!, a mis veintitantos años. Ya estoy viejo. Pero pienso seguir envejeciendo y eso a la larga y por alguna extraña razón, me alegra.

Después de media hora al teléfono, ya me dolía la oreja y a Angeline el sueño le había vencido. Habiendo evacuado su consulta colgó. Encendí un cigarro y viendo a través del balcón que adorna mi apartamento me perdí en la ciudad. Vi la ciudad trasnochada. Y pensé: ¿para qué putas estoy estudiando sociología? Lo que yo debo estudiar es algo parecido a la psicología pero que no sea tan complicado. Reflexioné un rato y concluí que era más sano seguir estudiando esa hermosa y puta carrera. Sociología.

Pensé en Angeline esa noche. Fumé otro cigarro, tomé agua y volví a pensar en ella. Rebusque las razones de nuestra amistad, tan extraña y loca nuestra amistad como ella y como yo. Recordé los desplantes que sufrió, los malos entendidos, los comentarios de mal gusto que nunca faltaban, su timidez a la que me acostumbró. Pero Angeline ya no es así, ya no es tímida y ha crecido mucho en los últimos cuatro años.

Recordé también la tarde de ese domingo en el Dunkin. ¡Ah, Angeline es tan breve como la lluvia que nos acompañó el café! Aún así me gustaría decirle: *I want to hold your hand*, y seguir de paso, tan breve como ella, tan breve como mis cigarros, tan breve como pensar en decirle: *Angeline I want to hold your hand.*

Aquellas mañanas lluviosas

"no importa si saliste y me perdiste en el camino"
Saúl Hernández

Estos días han sido calurosos en El Progreso. Hemos sudado hasta el alma en este puto pueblo. Pero estos días me han servido para recordar. Para recordar a Alicia. Su olor. Su sabor. Su color. Recordar que un día la vi a los ojos y le dije con suficiente valor: Mirá flaca, *si tuviera que derramarme para salvarte, si tuviera que dejar de ser para que fueras, si tuviera que retar a la muerte para que existas, lo haría de aquí hasta el último planeta.* Alicia sonrió tímidamente pero supo responder: "Tenés prohibido morirte".

Ahora decido asomarme por la ventana de mi tercer piso y fumarme la tristeza. La verdad, quiero fumarme la tristeza.

Mientras fumo, escucho en mi teléfono esa canción de Fito que tanto me gusta y que a la vez me fastidia: "Fué

Amor". Y es que la canción a veces parece describir ese final con Alicia…

Nuestra primera cita fue en Pamplona, para almorzar, pero sólo después de esperarla tres horas pudimos hacerlo, bueno… el que comió fui yo, ella sólo probó las papitas que acompañaban a mi "Emparedado Delux". Luego decidimos caminar, sólo caminar sin que nada importara. Cuando nos cansamos, nos sentamos en aquellas bancas del museo. Me da vergüenza recordar ese seis de julio. Estaba nervioso y no sabía qué decir, así que conté una de mis anécdotas de guaro con mi viejo amigo Ángel, para poder romper el hielo y vencer mis nervios. Le conté de la vez que bebimos un guaro extraño en una comunidad campesina; los compas le llaman "Manguito". "¡Vaya nombre para semejante bebida!", me dijo Alicia, riéndose de mi anécdota. Habíamos bebido tanto del dichoso guaro, le dije, que me sentía muy contento y me animé a ver cómo un compita terminaba de destazar un cerdo. Recuerdo que tenía en una mano el vaso con guaro y en la otra un Royal; borrachín el hombre, exigía ver el corazón del cerdo muerto y no se apartó hasta que se lo mostraron. Alicia debe reírse todavía al recordar mi historia. Así comenzó todo.

Con el tiempo, ella me visitaba desde la llamada "Gran Ciudad". Venía y se quedaba conmigo en ese hotel con nombre oceánico que nos gustaba tanto. No sé si era por la temporada del año pero siempre que Alicia me visitaba, por las mañanas hacía frío, llovía y la vida tardaba en reanimarse. Nos costaba salir de la cama. Alicia se me mostraba entera. Recuerdo que a diario le decía que era etérea, que ella era lo que yo buscaba y que la amaba. Una vez, para que pudiera entender lo que yo le decía, puse a sonar esa canción hermosa de Silvio. Recuerdo haberle insistido en que la parte con la que me sentía identificado era en la que Silvio canta *he vuelto a ser aquel cantor del aguacero que hizo casi legal su abrazo en tu cintura.* Claro que la canción es más de despedida, de amor que se ha ido para no volver. Lo nuestro apenas empezaba. Pero para mí, abrazar su cintura en el aguacero matutino de El Progreso hacía que experimentara algo parecido a una transmutación. Y en esas condiciones, el resto de la letra de la canción no importaba.

Ahora tengo catarsis de ella. De su recuerdo. De su olor matutino después de esas noches de sexo. Alicia ya no vendrá y con su ausencia sólo ha quedado el recuerdo de las mañanas con lluvia y amor. De las heladas mañanas.

Tríptico 2: ¡Al Diablo Con Sabina!

Who is Sabina? Who is God?

-*¡Mirá loco, Charly es mejor que Sabina!-*. Le decía Johnny a Rosendo.

-*¡Sabina está por encima de todos esos trovadorcitos que no se atreven a hacer música!-*. Le respondía Rosendo.

Una discusión bastante acalorada acerca de la calidad musical de ambos artistas, era retomada nuevamente.

-*¡Loco, la Negra, hasta la Negra reconocía que Charly ha dejado un legado importante!-*. Afirmó Johnny.

-¿Quién es la Negra?-. Exclamó irónico Rosendo.

A Johnny le molestó la ironía de su amigo, encendió un Belmont mentolado y tomó aire y calma para decirle con firmeza a Rosendo: *¡Charly es Dios!, ¿quién putas es Sabina? ¿Te lo digo? ¡Sabina es un buen cantante de cantina, no pasa de allí!* Los dos amigos pasaban discutiendo lo mismo. Tenían esa diferencia, pero hacían frente común cuando se les unía a la discusión Leónidas.

Leónidas es fan de Caifanes y pasa obsesionado con Fito Páez, y siempre que ve discutiendo a Rosendo con Johnny trata de intervenir diciendo: *Saúl es el más grande poeta del rock latino.* A lo que Johnny contesta: *Sí, mucho después que Charly* y ambos se ríen de Leónidas. Ríen hasta que el estómago les duele de tanta risa. Los dos hijos de puta se ríen con terrible demencia del pobre Leónidas.

Así los tres amigos se reúnen los sábados por la tarde en el *Espresso Americano* del centro de la ciudad, toman café y desarrollan platicas que van desde los comentarios y risas provocados por los malos chistes de Johnny, pasando por los ataques filosóficos de Rosendo hasta la defensa de Leónidas, de que él no es un *"carroñero"*, cuando se le hace la acusación de acostarse con cualquier tipo de mujer. También hablan de política.

-¡No jodás gordo ayer vi una de Tornatore!-. Iniciaba la plática Leónidas ese sábado.

-¡Qué bueno loco, pero no sé quién es!- Responde Johnny siempre que Leónidas habla de algo que no entiende, pero además hace ademanes de burla que Leónidas pasa por alto.

Piden la orden a la muchacha que atiende, *dos capuccinos pequeños y una granita de café*, todo el tiempo es la misma orden.

-Yo creo que el problema con Sabina es que no termina de convencer, porque habla de ser tan liberado pero a la larga no lo es-, cuestiona Leónidas.
-¡vos lo decís porque no te gusta de verdad Sabina!-, reacciona Rosendo.
-me gusta loco, pero habiendo agua, ¿para qué vas a beber Coca-cola?-

-ya vas a decir que Silvio es mejor-

-¿y no lo es?-

-pónganse serios, que los tres sabemos que Silvio es mejor que Sabina-

-la voz no convence, de sus letras no objeto nada-

-ah ya, y la de Sabina es pija de voz… deja de fumártela Rosendo-

-sí… mirá gordo… este Sabiniaco hace unos meses vivía citando "Y Sin Embargo" y ahora se confiesa monógamo-

-puta loco pero es que él no es carroñero-

…risas…

-no lo soy, sólo que no podés decirles que no-

-mirá loco vos perdiste el colmillo-

-sí compa, usted ya no tiene nivel-

- pero ya lo estoy solucionando, conocí un culo… esa niña si está bonita-

-dejate de pajas Leónidas que vos no agarras nada de ver-

-puta loco, ustedes si joden con el mismo tema, los debo de ver en un tiempo de necesidad y les aseguro que van a agarrar lo que se les ponga enfrente-

-¡no… jeh, culeros no agarro!-

…vuelven a reír…

-no compa, no sea maje, tampoco hablo de culeros, pero es que uno pasa necesidades y ni modo eso toca-

-¿entonces toca?-

-¡claro!-

-no joda compa… mejor cuente como le va con la chamba-

-bien compa, en la chamba me va muy bien, la otra semana voy para el sur y me voy a quedar el fin de semana en Tegus-

-ah puta usted viaja más que el Papa-

-jajaja… ¿¡sí verdad!? …¿y qué le voy a hacer?, quejarme no puedo-

-bueno… eso sí-

-terminé la biografía de Sabina cipotes-

-¿ah sí? ¿Qué tal la parte de Fito?-

-Sabina no menciona nunca a Fito, se refiere a él como el ex marido de Cecilia Roth-

-después de "Enemigos Íntimos" quedaron mal-

-Sabina no le aguantó el ritmo a Fito-

-¿pero sabés lo que hizo Sabina por Fito?-

-no sé ¿Qué hizo?-

-le ayudo a reconciliarse con Charly-

-ah pero es que Fito le da el culo a Charly-

-Fito trata de imitar a Charly en todo-

-¿pero hablas de la pinta o de su música?-

-de todo loco-

-bueno… ¡sí!, pero no en todo, sólo en algunas cosas-

-no sé… a mí Fito me gusta pero Charly es Dios maje-

-no te lo discuto pero Fito es un maestrazo-

-no más que Sabina-

-¡no jodás Rosendo hablamos de rock!-

-Sabina tiene unas rolas bien rockiadas-

-mirá, entendé de una vez por todas que Charly está por encima de Sabina, de Fito, del otro… ¿Cómo se llama?-

-¿Quién?-

-el mexicano al que le das el culo-

-¿Saúl?-

-…sí, bueno… Charly también está por encima de Saúl-

-mirá gordo ahí perdés la objetividad, Caifanes abrió la puerta

para todas las bandas después del 89-

-pero sin Sui no habría Caifanes, ni Soda, ni las demás bandas-

-claro lo acepto, es como cuando decís que sin Silvio, Nicola y Milanés no estarían los demás-

-pero en Cuba, porque los españoles son de otro proceso-

-sí fijáte… tiene razón Rosendo-

-pero la revolución ayudó a fortalecer el proceso de la nueva trova cubana-

-sí Leónidas, pero reconocé que lo del Franquismo también ayudó a gente como Serrat y Sabina-

-claro "Al Alba" es verga de rola-

-esa rola si es pija de canción-

-es la "Ojalá" de Aute-

-mmm… tal vez-

-"Al Alba" tiene un profundo contenido poético y político-

-es muy buena, Aute es otro poetazo, tuvo esa lucidez de crear una canción con un tema como los fusilamientos y desaparecidos por el Franquismo sin que la dictadura se diera cuenta y no se la censurara, o lo que hubiera sido peor, que lo censuraran a él-

-pero Aute tiene otras que son para el olvido-

-¡Slowly!-

…Johnny y Rosendo mueren de risa del pobre Leónidas que odia *Slowly* producto de un desamor…

-no vale la pena hablar de eso cipotes-

-no joda compa, usted si es maje-

-deberías escuchar más a Sabina, escuchá "Y Sin Embargo"-

-Sabina y yo tenemos toda una historia compa, usted cree que yo soy como usted, que viene escuchándolo y le ha dado una fiebre culera con Sabina-

-este maje ya nos tiene a pija con Sabina-

-mejor hablemos de otra cosa compas-

-ah sí…¿Cómo ven la propuesta de la jornada de formación?-

-buena loco, los cipotes que entraron después del Golpe tienen que formarse-

-sí pero habrá que ver quién da la jornada y qué temas-

-lucha de clases, loco…-

-régimen interno y algo sobre seguridad-

-bueno compa anímese a dar un par de temas y nosotros le ayudamos con los otros-

-hay que hablar de la historia del partido también-

-ah mirá… eso ayudaría mucho-

-sí, claro, mientras Rosendo no les de clases de epicureísmo y no utilice su manual de cómo escuchar a Sabina en una semana-

Los amigos disfrutan su charla y se despiden luego, ya es tarde y los están corriendo del café. Rosendo se va a leer a su casa, Johnny a ver las dos temporadas de los Simpsons que tiene descargadas en su computadora y Leónidas a ver si su madre le regala la cena.

Sabina sufre de nostalgia

La primera vez que Leónidas escuchó a Sabina fue por culpa de una invasora de espacios. Leónidas trabajaba en la librería del pueblo y la vio entrar. Ella parecía ignorar su presencia, escogió un par de revistas de esas que edita la *Iglesia*. -¿Qué vale cada una?- Preguntó desde el estante donde se exhibían las revistas. -¡10 lempiras cada una!- Contestó Leónidas sentado frente a la computadora como preparándose para lo que se avecinaba.

Ella se acercó a cancelar la modesta cuenta que no pasaba de los 50 lempiras. -*¿Y esa guitarra, es tuya?*- Indagó la joven. -*¡Sí!*- contestó con aplomo Leónidas. -*¿Me la prestás?*- prosiguió ella, con más confianza. -*¡Toda tuya!*- contestó amable y sonriente Leónidas.

La joven de aspecto adolescente, tez morena, cabello liso y largo hasta los hombros tomó la guitarra y ejecutó un par de acordes. -*¿Cómo te llamas?*- Preguntó, ya un poco inquieto Leónidas. -*¡Evelyn!*- contestó la joven. -*¡Mucho gusto, mi nombre es Leónidas!*- le dijo serenamente.

Durante unos minutos hablaron de música, Leónidas asumió la pose de conquistador bohemio e hizo sonar desde la *Compaq* un par de rolas de Silvio, tratando de poner en práctica la famosa *teoría Silvio*, ésta no falla, la usa cada vez que se le presenta la oportunidad y ésa era una oportunidad que no pensaba dejar escapar. La *teoría Silvio* consiste en dedicarle canciones románticas del cubano a la joven que te interesa para ver si así logra caer. Pero Evelyn le salió un par de pasos adelante. Preguntó por Sabina. Para no parecer un completo ignorante en la materia, Leónidas le aseguró tener la colección completa del dichoso músico de a saber dónde y de aspecto desconocido hasta esa mañana.

Colocó el nombre de Sabina en el buscador del *Winamp*. -*¡Uff qué suerte!*- pensó para sí, aliviando el alma de trovador. -*Ahí está… ¿Qué te gusta?*- le dijo a la muchacha que acariciaba su guitarra como seduciendo al dueño para poder escuchar un par de buenas canciones. -*¡"Cuando Era Más Joven"! Ésa es la que le gusta a mi padre*-. Respondió Evelyn, alegre de ser tomada en cuenta, pero presintiendo las intensiones carnales de Leónidas a través de su mirada.

Al instante Leónidas puso a sonar en el reproductor aquella canción hasta ese preciso instante desconocida. Sonaba bien. Les gustaba. Leónidas fue oficialmente presentado con el *Joaco*. La repitieron para apreciar los *riff* de la guitarra y la melancólica letra que los acompañaba. Evelyn la cantaba sin una grisma de pena, como si estuviera en un karaoke, -*cuando era más joven viajé en sucios trenes que iban hacia el norte y dormí con chicas que lo hacían con hombres por primera vez, compraba salchichas y olvidaba luego pagar el importe, cuando era más joven me he visto esposado delante del Juez. Cuando era más joven cambiaba de nombre en cada aduana, cambiaba de casa, cambiaba de oficio, cambiaba de amor, mañana era nunca y nunca llegaba pasado mañana, cuando era más joven buscaba el placer engañando al dolor. Dormía de un tirón cada vez que encontraba una cama, había días que tocaba comer, había noches que no. Fumaba de gorra y sacaba la lengua a las damas que andaban del brazo de un tipo que nunca era yo-*. Después de reír por lo graciosa que resultaba ser la canción, Evelyn se despidió y no volvió a aparecer nunca más por la librería y por la vida de Leónidas. Dejando a Leónidas con nostalgia. A cambio Leónidas hizo de Joaquín Sabina un trovador más de culto, alguien que valía la pena escuchar, apreciar y recomendar. Incluso crear con él una variante de la *teoría Silvio*.

Al diablo con los fans de Sabina

Algo me pasa que no puedo dormir. ¿Será que esta noche hay una fuerza extraña que ha espantado mi sueño? ¿Lo habrá raptado la mujer camaleón? ¿Se lo habrá comido el diablo? Pero ése es mi amigo. ¡Qué mierda son casi las 12:30! ¿Hoy no pensás venir bruja? Un momento, escucho un ruido. Nadie se apiada de mí, ni un ángel, ni vos *bruja caníbal,* ráptame o devólveme mi sueño si es que vos lo tenés.

> *…Las doce marcaba el reloj de la sala*
> *rendido de sueño la luz apagué…*

A media noche la televisión es pura basura, en realidad es una mierda. Recorro los canales como caminar por un laberinto, The History, Discovery Chanel, M&E, Telehit, ESPN, nada… TVE, Canal 11 (ahí está Kawas hablando de que le faltó aire a la "H" enfrentado a España). 1:30, los backyardigans, ese capítulo ya lo vi. Fox, -¡fuck!-, -¡los Simpsons!-, un momento es la película, -¡qué mierda ya está empezada!-.

…Oí una fuerte voz que me llamaba y aparecióseme Lucifer "no tiembles de miedo", me advirtió que es falso, "lo que los curas te han contado de mí…"

Me voy quedando abstraído en la pantalla, Homero ya no está, pero hay algo, una mancha intermitente que me seduce, que me habla bajo, que parece querer tocar mis uñas. Las guardo, presiento sus oscuras intensiones. Esa mancha se sale del televisor, parece comenzar a tener forma. ¿Qué me pasa? Me Estoy entumeciendo. Logré levantarme. ¿Dónde están mis cigarros?, ¡ah… ahí están! Parecen tener miedo también. La manchamorfosis. ¡Puta encendí mal el cigarro! La mancha termina de transformarse y se queda quieta frente al televisor. Se ha transformado en Alicia. Se queda acurrucada. Está desnuda. Tiene un tatuaje en la espalda. ¿Qué será? ¡Es mi rostro! Un ruido está saliendo de sus pechos…

…como quien viaja a bordo de un barco enloquecido,
que viene de la noche y va a ninguna parte,
así mis pies descienden la cuesta del olvido
fatigados de tanto andar sin encontrarte…

Apago el televisor. Me doy un baño y salgo del letargo. Me quedo desnudo porque la ropa parece tener una extraña atmósfera esta noche.

…ojos que aprendan a mirar, labios que quemen,
sabios que enseñen a besar, delirium tremens,
maltrátame por caridad, lluvia de semen,
¿en qué otros brazos hallarás delirium tremens?…

Y me pregunto: ¿Quiero ser ese *pirata cojo con pata de palo y parche en el ojo?* ¿Quiero caminar por la *calle melancolía?* ¿Quiero gritarle al mundo *esta boca es mía?* ¿*Y sin embargo contigo…?*

¡Al diablo con Sabina! ¡A la mierda todos sus fans!

¡Y a la mierda también con el *Sabina Club*!

Tríptico 3: Relatos Sobre La Locura

Locura ordinaria para después de cenar

Y ahí estábamos, cenando un par de huevos, frijoles y tortillas prefabricadas. No hablábamos. La boca la teníamos ocupada en tratar de domesticar la cena.

Llovía y la ventana de vidrio lucía húmeda. La cena terminó. Un cigarro como parte del ritual. Versos de Benedetti o mejor aún, un romántico y silencioso *yo enjuago y vos secas los trastes sucios*.

¡No gracias, un café, un cigarro y mis dedos en tu espalda! -contesté si demora-.

Pero mis dedos no se clavarían en su espalda como inocentes y sordos beatos. No lo harían porque la noche estaba fría y ellos necesitaban calor. No lo harían porque deseaban sentir el breve tremblequeo de su entrepierna húmeda. No lo harían porque ella no los necesitaba en su espalda sino donde se intuye la vida.

Sacó el *malbec* de la alacena y a falta de copas de vidrio dos vasos de plástico. Sirvió vehementemente los vasos a la mitad. A la mitad de distancia entre ella y yo. Entre sus ojos y mis dedos. Entre mis dedos y su humedad. Entre su humedad y la mía. Entre la mía y la suya.

Terminada la botella del *malbec* resolvimos instarnos a la cama. Resolvimos que era mejor irnos directamente a la cama pero no la vimos. Nuestros cuerpos desnudos y tendidos uno sobre el otro habían perdido el camino hacia la cama y se conformaron con un punto intermedio entre el comedor y ésta (la cama). Nuestros cuerpos nerviosos y agitados se guardaron en el sofá.

Mis labios inquietos besaban los suyos. Mis dedos calmaban, empeoraban más bien, su temblor. Sus senos se hacían notar como nunca antes lo habían hecho. Miraba todo borroso así que decidí cerrar los ojos y dejarme guiar por ella. Besaba su cuello y ella gemía. Besaba sus pechos y gemía más. Me invitó a bajar y saciar mi sed en su fuente de poder divino, y dejó de gemir. ¡Gritaba!

Gritaba que le hiciera lo que yo habría hecho sin tanto rodeo, sin la cena y sin el *malbec*, pero no. Había que portarse a la altura de la situación. Había que ser un caballero, sin mesa redonda y con *excalibur* enfundada. Había que cenar primero y después lavar los trastes. Fumarse un *malboro* y estropear el *malbec*, hablar de lo difícil que se nos ha vuelto echar abajo el Golpe de Estado, organizar a la gente y evitar que alguien nos coma el mandado con ese discurso de la famosa unidad. Hablar luego de Fito y su *mariposa technicolor,* y poco a poco mis dedos rozaban su brazo, mis ojos vibraban en los suyos. La mutua seducción sacudía el comedor.

-*¿Avanzamos a la cama?* −Preguntó casi como en un susurro-
-*¡"No me lo digas dos veces"!* −Contesté-

Avanzamos un par de pasos y nos detuvimos. La temperatura en el interior de su casa era ya muy alta aunque afuera hacía mucho frío. Nos quitamos la ropa. Nos vimos por primera vez desnudos y nos reímos. Calculamos luego, que la cama estaba muy distante y nos olvidamos de llegar a ella. El sofá en su sala fue una seductora oferta. Entonces ya no era tan caballero, habrá que aclarar aquí que fue a petición de ella, y *excalibur* reclamaba su derecho a estar clavada en la roca. *Excalibur* sostenida en el aire por su mirada se dirigió hasta lo profundo de la roca. Ella gritaba. Gritaba que le hiciera lo que yo hubiera hecho si acaso fuera un actor porno que pudiera satisfacer su ninfomanía. Igualmente a sus gritos prosiguió un ataque de risa involuntario. Un cigarro y algo de agua para calmar el *delirium orgásmico* (el mío).

Zapatos *American Eagle, brown*, Lps. 650.00
Jeans Pepe, Lps. 549.00
Camiseta estampada, Lps. 60.00
Boxer a cuadros, Lps. 56.50
Calcetines blancos, Lps. 29.00
m & m, Lps. 17.00
Belmont Rojo (*cajetilla dura*) Lps. 27.00

Total. Lps. 1388.50

Perder el *glamour* no tiene precio…

Leónidas guarda la factura y la apila con las demás en su billetera. Leónidas sufre de inanición. Leónidas le aúlla a sus pasos. Mira el calendario y maldice la fecha. Le duele el alma. En noches como ésta desearía ser Oliverio y vender en el mercado negro algunos versos prostituidos. O simplemente descansar por la noche entre los brazos de la mujer que vuela, pero ella ya no está. Leónidas esta noche no existe, porque lo que ve en el espejo es un cadáver. Se ve a él y le duele verse convertido en eso que no sabe a ciencia cierta qué es.

Por la mañana ya será mañana y todo esto dejará de tener importancia. No importará nada. Olvidará que esta noche busca debajo de la cama a la mujer que vuela. Olvidará. Por la mañana Leónidas irá al *supermarket*, comprará comida enlatada y unas *Imperial*.

Tal vez ya no hayan más voces extrañas por la mañana, sólo la que le dice: *do you love me? really love me?* desde aquella vieja canción. Tal vez Leónidas en su soledad imagina a esa voz, que lo seduce desde el baño, desde la cocina sangrada, desde la oscuridad que impera debajo de su cama y algunas noches, ¿por qué no?, esa voz lo seduce de entre sus libros.

Por la mañana irá al *supermarket*. Inventará un pollo asado y una caja de pasas, un rollo de papel de baño *nube blanca* y un litro de leche para alfombrar su alma. Pagará la cuenta, que debe sumar unos lps. 120.00.

Irá al *supermarket* por la mañana. Pero antes se quedará media hora debajo del agua que cae desde la regadera y después leerá desde el baño para su mujer inventada un poema casi anónimo…

"El cordero
es
el pueblo, sí.
Pero con un diente de lobo
enterrado."

Y tal vez después de eso se quede meditando media hora más debajo del agua que cae desde la regadera. Meditará acerca del anonimato de los poetas. Quizás entonces ya no tenga ganas de ir al *supermarket* porque ya no encontrará razones para ir. Quizás Leónidas se pregunte lo que se ha vuelto impreguntable todos estos meses: ¿se puede comprar la libertad en el *supermarket*?

¿Leónidas es Oliverio?

"el amor está en tu boca
desesperado en una cuerda floja
y medio rota
sin papeles al borde de un accidente"
Pável Núñez

Leónidas inventa una mujer. Que vuela. Que ama. Que sonríe con media risa. Que deambula en las calles como deambular en sus versos. Leónidas, ya está cansado de buscar el amor y se sienta a fumar en el parque. En el parque ve a la gente y a sus hijos, los ve de reojo y se sonríe a solas.

Él lleva una camiseta amarilla de Jimmy Hendrix, *jeans* azules y sandalias de cuero. Se sienta en una banca del parque a fumar y se da cuenta que son las tres de la tarde. Es la hora del café, como siempre lo acostumbró su abuela. Se levanta de la banca y decide recorrer las dos cuadras al *Espresso Americano* en busca de un *capuccino*, en el camino se topa con las señoras que venden tortillas en la esquina de la ferretería, con los vendedores de lotería que se trafican en la farmacia, con el muchacho *canillita* de La Prensa, con el olor a pollo frito y con una muchacha que viene llorando sus tristezas, por fin llega y pide el capuccino, paga y regresa al parque. La banca la ha ocupado una joven gorda que devora un *hot dog,* y con la vista busca otra banca disponible y no hay. Se conforma entonces con el borde de la fuente al centro del parque.

Comienza su café, comienza un nuevo cigarro. Inventa una mujer a su lado. Se le queda viendo al rostro, sus ojos café claro, su pelo castaño, liso y largo, su nariz delgada y definida, sus cejas uniformemente alineadas y sus labios carnosos.

Leónidas inventa una mujer. Y le ordena que vuele. Que ame. Que sonría con media risa. Que deambule las calles y sus versos. Leónidas fuma y toma un *capuccino*. Leónidas Oliverio, está cansado de buscar el amor.

Leónidas Oliverio quiere ser un tango de Gardel, un verso sangrado de Sosa o mejor aún *Strawberry Fields Forever.* Leónidas Oliverio quiere ser pintado por Picasso, censurado por los gorilas y reírse de ellos. Leónidas Oliverio quiere cabalgar con *Morazán Francisco* y desenfundar la furia de 500 años.

Leónidas Oliverio quiere ser *El Violín De Melvin* y tocar Vivaldi para Juana, quien está sentada llena de nostalgias en una silla, bajo una sombrilla rosa frente a la catedral entumecida en *ciudad imaginada*.

Leónidas Oliverio quiere compartir un *porro con Marley* y gritarle al cielo estrellado *Stir It Up* y quedarse en silencio contando las estrellas para Samy, Leónidas Oliverio quiere juntar *todas las luchas* en un cajón y enviárselas por e-mail a La Habana. Leónidas Oliverio desintegra el último recuerdo perdido de Alicia. Leónidas Oliverio quiere ser el Espantapájaros de Oz y besar la frente de Dorothy. Leónidas Oliverio desea estar en *La Lista De Schindler* sin ser víctima de Kafka.

Leónidas Oliverio quiere ser Mafalda y odiar la sopa de su madre, ver el mundo y citar a Marx, quiere ser Dolittle y recetarle *muflex* a la silla presidencial, Leónidas Oliverio quiere ser consigna en los labios de la gente que caminó hasta el aeropuerto, Leónidas Oliverio roza el dulce olor de la que nació para volar, se termina el *capuccino*, enciende un nuevo cigarro y siente ganas de caminar, pero no la hará porque ya es muy tarde, regresará en taxi colectivo a la soledad de su tercer piso, pero para entonces ya habrá dejado atrás algunos demonios, y no querrá ser Oliverio en la noche. Será Leónidas nada más. Leónidas renovado y fresco. Leónidas desentristecido.

Leónidas termina su capuccino y se pierde por un momento en el fondo del vaso reciclable en el que le vendieron el café. Siente el olor que éste ha dejado en el vaso, siente la brisa de las seis de la tarde, siente la salvaje textura del parque al anochecer y se siente vivo, como alguien que escucha *Close To The Edge* y sobrevive a ella.

Tríptico 4: Memory-Stick

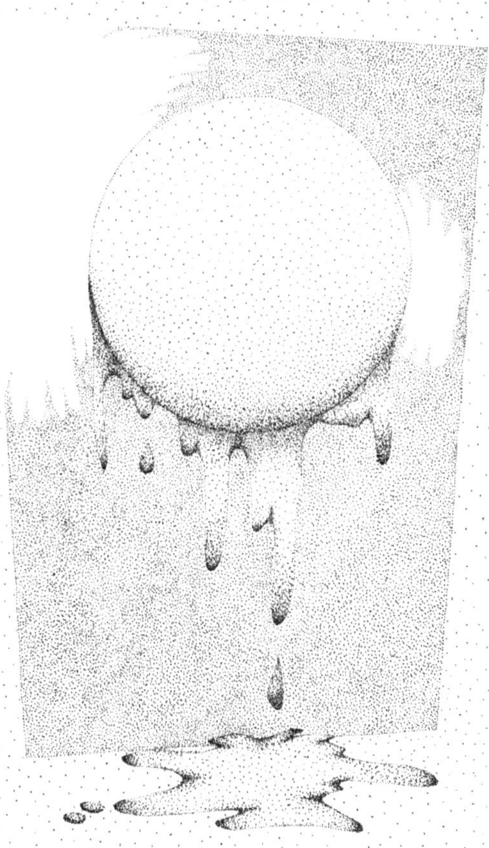

Abril 1984

"yo te daré mis ojos para que llores"
Saúl Hernández

Es probable que mucha gente muera el día en que nace aunque no se haya percibido su muerte, sino mucho tiempo después. Es probable que la gente muera unos días después. Quizás muera unos minutos antes de nacer, es posible que esto suceda. Sin embargo, yo nací en abril y nací bien. Nací y viví. Sigo vivo.

Mi madre siempre ha creído que soy un ser especial. Que no me llevo bien con las desilusiones y con el dolor del alma que acompaña a seres como yo, quizás porque eso debe ser cierto es que a veces puedo llegar a sentir como si me encontrara atrapado en laberintos que recorren la ruta de mi insomnio.

Nací en abril, ya lo dije antes, ¿y qué significa todo esto?, soy Aries por signo, ¿Qué envidia debo causar a los demás seres de este planeta? -¡creo que ninguna!-.

Sin embargo comenzar a escribir este relato no es un afán malintencionado de remitirme a un dato autobiográfico, ni de tratar de acomodar mis memorias para que se vean algo atractivas para alguien en especial, sino por ella. Quien es pequeña de estatura nada más porque la tierra no dejó que sus piernas se alargaran. La tierra y sus terrenales razones para hacerla sufrir.

Ella logró traducir las historias no contadas para mí. Besó el viento seduciendo a la muerte cuando el asma se tropezaba conmigo en agosto. Decidió que febrero ya no se llamaría febrero sino Len y febrero obedeció. Creó una estación de flores en junio espantando miedos y pesadumbres de la puerta de casa.

Ella, cuyo peligro mayor es estar viva. Desanda las huellas caminadas ayer y olvida lo que no le pertenece. No se arrastra, ni flagela su alma. No se vende.

Debo admitir que se me vuelve difícil describirla pues a veces se me pierde, no se deja ver, se esconde de mí. Pero a pesar de eso siempre me deja la seguridad que ahí está, no importa dónde, pero ahí está, contando sueños y bordando historias en mi subconsciente como arquitecto del inframundo, vaciando perlas y dando color a lo que no existe.

Su nombre pueda que sea olvido, o tristeza, o fuerza, pueda que sea odio, quizás futuro. Su nombre lleva implícito el deseo de morir amarrado a las raíces que atan nuestras historias. Su nombre es verdad. Su nombre es calma. Su nombre es tempestad. Su nombre es fuego. Su nombre es innombrable en días de invierno.

Mi madre siempre ha creído que soy un ser especial. Que no me llevo bien con las desilusiones y con el dolor del alma que acompaña a seres como yo. Como ella. Mi madre siempre ha creído aunque yo no crea en nada que no se pueda ver, tocar, sentir, cambiar, destruir y reconstruir.

Mi madre siempre ha creído que no creo más que en nosotros. Aunque a veces la vea desnuda, llena de dolor y odio.

El libro verde ahí está, éste se encuentra adornando la mesa en la habitación. La habitación carece de luz apropiada y se ha convertido en un lugar húmedo y triste. El libro verde es invisible, cuando las personas se resisten a él. El libro verde contiene secretos bien guardados, guisados a fuego lento durante siglos en sus memorias. Secretos chiquitos, medianos y altos.

Los secretos chiquitos viven al sur del libro, los medianos viven en el este y los altos viven en el norte, al oeste hay soledad. Al oeste son desterrados los secretos chiquitos, medianos y altos no deseados. Los secretos oscuros, los secretos más temidos.

Los secretos medianos han florecido con grandes dificultades en las artes mientras que los chiquitos son artesanos, campesinos y obreros. Los secretos altos tienen mucho dinero, administran Disney World y manejan un complejo sistema económico.

Desde hace unos años los secretos altos han empezado a contratar en sus empresas a los secretos chiquitos que han emigrado al norte, y ahora se dedican a trabajar menos y a vegetar más, hacen grandes y lujosas fiestas con enormes banquetes y se jactan de ser los dueños del libro. La explotación que ejercen sobre los secretos chiquitos ha comenzado a generar una serie de revueltas en la ciudad del norte.

Los grandes sabios secretos medianos se pronunciaron a favor de la lucha de los secretos chiquitos y proponen hacer una revolución.

En el oeste los secretos desterrados en una acción de solidaridad también se han pronunciado y han ofrecido diez mil secretos chiquitos, medianos y altos para reforzar el ejército de secretos oprimidos.

Una columna guerrillera del oeste con cinco mil secretos desterrados, camina montaña adentro en dirección al centro del libro y otros cinco mil se ha adelantado al este para unirse con los secretos medianos. Los secretos chiquitos en el sur han decidido aceptar esta ayuda y unirse para liberar a sus hermanos secretos chiquitos que viven esclavizados en la ciudad del norte.

La revolución de los secretos oprimidos es eminente y los secretos altos amenazan con lanzar una bomba química que destruiría el libro. Les ofrecen un diálogo.

En el centro se reúnen la dirigencia de los secretos chiquitos y medianos junto con la dirigencia de los secretos altos, chiquitos y medianos que fueron desterrados al oeste para crear una comisión que decidirá si aceptan el diálogo o de una vez declaran la guerra a los secretos altos que viven en el norte del libro verde.

La dirigencia ha decidido no dilatar más la discusión e irán a la guerra. Los secretos altos preparan tanques, barricadas y a sus mejores secretos entrenados en Hollywood.

La guerra dura un día. Los secretos altos lanzaron la bomba química con la que amenazaban destruir el libro verde y el libro verde muere incendiado. Al cabo de un par de horas no ha quedado vivo ni un sólo secreto. El libro verde que contenía los más grandes secretos ha muerto.

Una mujer muy vieja y muy sabia

-A Francisca-

Pareciera, que la Roberta que hoy tenemos es producto de una evasión, y es que *el tiempo es cruel, no nos deja ser eternos y nos pide contenernos hasta el fin.* El tiempo que la hizo nacer en un país pequeño aunque ella sea grande. Grande de espíritu. Roberta preserva los códigos secretos de las viejas costumbres. El buen sabor de la cocina, los oportunos regaños y la razón de ser de su palabra.

Sin embargo, desde hace unos días se le ve abstraída, consumida de afuera hacia adentro. Roberta es parte de todos, de nuestras memorias de infancia, de los días olvidados por nuestras madres.

No le pidás que sangre, porque ya sangró demasiado. No le pidás que llore, porque ya ha llorado cien años. No le pidás que sufra de amor, porque aún lleva las marcas en el alma. No le pidás que olvide, porque su memoria es colectiva.

Roberta gusta del buen café y unas galletas a las tres de la tarde. Abre los ojos y ve tu miedo de vivir. Roberta cuenta sus arrugas y te las ofrece cada mañana. Roberta ama tus labios, tus manos y tus pies aunque no digás lo que ella quiere oír, aunque no tomés las cosas que ella te ofrece y vayás a los lugares que ella nunca fue.

Roberta sigue siendo Roberta, porque nunca se vendió en los burdeles del corazón.

Tríptico 5: Retazos

Turista en tiempos de hambre

Retazos de insipiente somnolencia. Metamorfosis de la claridad. Jesucristo bajó de la cruz. Marihuana tendida en las mesas del Congreso Nacional. Bisturí abriendo los labios de la serpiente. Se compran cerebros de personas que no sean comunistas. Se vende el inservible brazo derecho de la ley. Mierda acumulada en la *Suite Presidencial del Clarión*. Se posterga la instalación de la estrella de George Clooney en la peatonal sampedrana por encontrarse el señor Clooney promocionando su última película en el Congo. Ernesto demanda ante la Corte Interamericana de los Derechos Humanos a Fidel por vender camisetas con su rostro sin haber previa autorización. *El tiempo no cura nada, el tiempo no es un doctor*. Ser turista en tiempos de hambre en el país más prostituido del planeta, ser turista en tiempos de resistencia. Ser turista en tiempos mestizos en la *Avenida Siempreviva*.

Hombre entrega su corazón en bandeja de plata a prostituta en *El Pez Que Fuma*. Ladrón es apresado por la Policía Nacional tras ser denunciado por el dueño del negocio que asaltó. Ladrón apresado habría robado *El Viejo Y El Mar* para poder hacer el ensayo que a su novia le pidieron hacer en la Universidad Nacional A-u-t-ó-n-o-m-a de Honduras.

Un beso vagabundo se acuesta en la carretera panamericana para ser atropellado. Una red atrapo la mariposa. El paciente en sala de emergencia. La muerte está triste de andar siempre sola. La muerte quiere ser *top model*. Escribir poemas malditos y ahogarse de amor. Escuchar aquel viejo bolero para tu madre. Morir hoy. Creerse Dios por la tarde. Preguntarle mentiras al viento. Llorar la sangre en la esquina. Hay un mundo feliz atravesando la ventana chiquita. Las cinco razones para leer a Freud. Enrique se casa con Sofía por tercera ocasión.

Porque las putas nos seducen

Después que Leónidas regresara del parque, como es costumbre los domingos ve cinemax, y observó que el canal transmitía una película de terror japonés. Dejó la película porque asumió que el resto de canales que ofrece el miserable servicio de televisión por cable no estarían transmitiendo nada atractivo.

Se sentó frente al televisor en su cama. En ese momento su mente dejó de prestar atención al televisor y comenzó a desempolvar algunas cosas que Leónidas había dejado quietas hace mucho tiempo atrás, sonrió y pensó que debe haber un *boomerang en la psique* que le da por atormentarlo a uno cuando más tranquilo se está. Sí, y es que Leónidas recordó a Cassandra. La recordó morena y picara. Con los ojos traviesos y el olor a canela que lo marcó por su profundidad. Un olor que no sólo inspiraba ternura sino también algo de perversión.

Cassandra nunca se hubiera tropezado en la vida con aquel joven retraído, flaco y con aspecto hippie, si no hubiera sido amiga de Rosemary, compañera de Leónidas en el bachillerato. El famélico muchacho caminaba fumando en el centro de la ciudad, cuando frente a él, desde una farmacia una voz gritó su nombre. Era Rosemary acompañada de esa jovencita inquita de apenas quince añitos.

Si dudarlo Leónidas atravesó la calle para saludar a las muchachas que se habían tomado el costo de hablarle.

-Mirá Leo, Cassandra te quiere conocer- Rosemary le confesó susurrando suave al oído.
-¿¡Ah sí!? …me llamo Leónidas- se presentó el muchacho.
-¿Leónidas, el espartano?- preguntó entre risas y nicotina Cassandra.

Esa inteligencia sedujo a Leónidas desde el primer momento, quien por esos días vivía transmutado en Lennon. El pobre muchacho pensó que Cassandra podría llegar a ser su Yoko. ¡Ah pobre Leo, eso era demasiado pretencioso!

Cassandra invitó a Leónidas a salir, que se vieran al día siguiente, sin mayor experiencia en asuntos carnales Leónidas aceptó ver a la joven en el parque Ramón Rosa. En una banca frente al reloj, donde concertaron la cita, la esperó un par de minutos, hasta que apareció en esa tarde de marzo, Cassandra vestía su uniforme pantalón *beige* y camisa blanca del colegio católico donde estudiaba por orden absoluta de su madre.

Se disculpó por llegar tarde y la disculpa fue aceptada sin ahondar en detalles. Mientras se desarrollaba una conversación algo ecléctica ella le pidió un *belmont* a Leónidas y éste le extendió la cajetilla y los fósforos. Compartían los cigarros y les daba por acercar la conversación a mayores niveles de intimidad. Al ver la timidez del joven Cassandra lo besó, apresurando la dosis de adrenalina en el cerebro de Leónidas.

Al instante Cassandra se disculpó nuevamente con Leónidas pero esta vez por haberlo besado, explicándole que nunca lo había hecho, que nunca había sido ella la que había besado primero sino al revés, pero él sonrió insinuando que estaba bien, y es que el beso no sólo lo tomó por sorpresa sino que le gustó más de lo que se hubiese imaginado. Los labios de la muchachita habían provocado una variedad de emociones en Leónidas y éstas, se acumulaban entre la boca del estomago y sus labios.

Cuando los cigarros se acabaron decidieron caminar un poco y ella lo condujo a un lugar que nunca había visitado. Era un pasaje que atravesaba una de las manzanas del comercio progreseño, el pasaje se construyó cuando El Progreso cumplió cien años de existencia, es un lugar solitario que casi nadie visita, debido a esto el lugar se prestaba para un lugar de escape.

Se acomodaron detrás del local del redondel en el centro del Eco-Pasaje Centenario, en el suelo, entre la pared del local y la jardinera que tenía sembrado un árbol de mango, escondiéndose así de cualquier persona que pasara por ahí. Cassandra y Leónidas se besaron nuevamente, pero esta vez con algo de pasión, ambos jóvenes sudaban mientras las hormonas hacían su juego. Cassandra tomó la mano derecha de Leónidas y la hizo sentir sus senos debajo de la camisa y el sostén blanco que los mantenían protegidos de cualquier pervertido en la calle, pero que ella había decidido permitir que Leónidas esa tarde calurosa de marzo les conociera y se hiciera amigo de sus senos adolescentes y pequeños.

Luego, Cassandra desabrochó su pantalón lo suficiente y le ordenó al muchacho que casi temblaba sintiendo su calor y su olor a canela, que tocara su entrepierna, mientras ella se sumergía en suaves quejidos, la humedad en la vagina de la joven casi asustó a Leónidas, pero a pesar de no tener el control de la situación se encontraba fascinado, en un estado de idiotez, ésa que sólo es provocada cuando un hombre alcanza a rozar con sus dedos el interior caliente y acogedor de una vagina excitada. Leónidas obedeció casi entumecido por lo que le estaba pasando. A sus 17 años no había tenido novia y no era muy dado a querer conquistar a alguna muchacha. Cuando una joven le gustaba le aterraba la idea de acercársele. Pero Cassandra había logrado romper el esquema casto que con tanto esfuerzo había logrado mantener durante casi toda su adolescencia.

Después de un par de minutos en este vaivén de jadeos y órdenes sacrílegas que habían logrado ubicar justo en el punto de la locura a Leónidas, el muchacho decidió avanzar al siguiente paso sin tener autorización de voz, más sí de jadeo.

La invitó a levantarse del suelo y Cassandra aceptó la invitación si ofrecer ninguna resistencia cediéndole el control de la situación a Leónidas, éste había caído en su juego, el de pasar de ser dominado a dominar. Le pidió que se diera vuelta y a esto Leónidas prosiguió a quitarle el pantalón y la ropa interior al mismo tiempo, hizo lo mismo con su ropa.

Cassandra tomó con vehemencia el poder contenido de Leónidas y se lo llevó consigo en un suspiro, después de cinco minutos cuanto mucho, Leónidas ya no era el mismo. Leónidas por fin se había estrenado en el arte de amar, bueno, tal vez no de amar, sino en el delicado arte de coger. Todo gracias a Rosemary quien le había presentado a Cassandra.

Esa tarde Leónidas regresaría muy sonriente a su hogar luego de dejar a su ahora amada Cassandra en el bus que la llevaría a su casa y de acordar que al siguiente día se verían en el mismo lugar para tener una nueva sesión de sexo adolescente y público. Al día siguiente Leónidas lucía muy feliz y se le hacía larga la jornada escolar para poder desprenderse de sus obligaciones estudiantiles e ir en busca de Cassandra.

Así se mantuvieron durante unas tres semanas, sólo excusándose Cassandra cuando tocaba estudiar para algún examen. A principios de abril Leónidas había acordado ir al cine con Cassandra, irían a ver *X-Men* en el *Italia*, después de asistir a la tanda de tres de la tarde ella le pidió que la fuera a dejar al lugar donde tomaba el autobús de la ruta *Berlín-Palermo* porque necesitaba llegar temprano a su casa. Al despedirse Leónidas caminó un par de cuadras y se acordó que le llevaba *Prisión Verde* a su joven amada.

Por lo que se vio obligado a regresar al lugar donde recién se habían despedido pero a su regreso Leónidas observó que Cassandra hablaba con un muchacho alto y de físico muy agraciado, con músculos bien definidos que dejaban ver el trabajo en el gimnasio. Sintió celos pero no actuó, observó de lejos como Cassandra y este tipo sacado de alguna revista para mujeres tipo *Cosmopolitan* o *Vogue* se plantaban semejante beso apasionado en plena vía pública minutos después de que él se había despedido de ella. El tipo la tomó de la mano y la llevó a caminar, algunos pasos atrás Leónidas los seguía, asumiendo la pose de detective inquisidor, observando así el romántico encuentro que su amada Cassandra tenía con este *Stallone* tercermundista.

Siguió a la pareja hasta el mismo pasaje en donde ellos habían estado días atrás y el cual Leónidas creía era su nido de amor. El corazón se le partió en mil a Leónidas y no pudo continuar para ver con sus propios ojos el desenlace de lo que estaba ocurriendo.

No tuvo el valor de volver a buscar a Cassandra en se-manas, mantuvo silencio hasta que un sábado por la tarde se la volvió a encontrar. Ella no se dio cuenta que aquella tarde después del cine Leónidas había regresado a donde la había dejado supuestamente esperando bus y en la que ella había encontrado un nuevo amor. Cassandra le preguntó qué se había hecho todos estos días en los que no supo nada de él y Leónidas no pudo más que confesar su terrible desilusión.

Cassandra, se justifico diciendo que ella era libre, libre para amar, y que él no tenía por qué enojarse, si ella lo amaba a él también. Pero Leónidas no estaba dispuesto a compartirla con nadie y prefirió dejarla y tratar de olvidar lo que había pasado en aquellas hermosas tardes de finales marzo.

Hace muchos años que esto pasó, ahora Leónidas nada más se ríe de su adolescencia y recuerda con mucho cariño a Cassandra, recuerda que en su celular tiene registrado el número de ella y prefiere llamarla, para que por esos viejos tiempos se vuelvan a ver, ella le pide cigarros y el pasaje de taxi colectivo, Leónidas acepta.

A la mañana siguiente Cassandra visita el apartamento de Leónidas, ya no son los adolescentes de hace unos años y ahora Leónidas está consciente que nunca será sólo para él y acepta la libertad de Cassandra y no reniega de su precio, al final de cuentas siempre le ha gustado ella, su olor conservado a canela fresca y ella siempre ha pedido a cambio cigarros y el pasaje de regreso a casa.

Suena el teléfono. Es Cassandra que pide que baje a abrir. Leónidas baja de prisa como si tuviera años de no verla, porque la ha extrañado los últimos dos días. Cassandra saluda y entra. Suben hasta el apartamento número 5 del tercer piso del edificio, esta vez la cama espera, ya no es el frío cemento de las paredes del pasaje Centenario, sino la tibia comodidad del hogar de Leónidas. Se abre la puerta y ella pide un cigarrillo, Leónidas le extiende la cajetilla y el encendedor amarillo que acompaña sus *belmont*, Cassandra enciende un cigarro y pide usar el baño y diez minutos para refrescar su cuerpo. Leónidas entiende el lenguaje corporal, calla y fuma tranquilamente viendo dibujos animados en la televisión.

Cassandra sale desnuda del baño, toma posesión del campo de batalla en el que se ha convertido la cama en el apartamento de Leónidas.

Leónidas roza sus labios en los de ella, poco a poco sus cuerpos se re-cononcen envueltos en el incesante jadeo copulativo. Cassandra una vez más vence a Leónidas quien luce inconsciente al borde del colchón. Ella extiende la mano y saca un nuevo cigarro. La sesión ha terminado. El saldo es el mismo de siempre: Leónidas vaciado de amor revolviendo los demonios del cajón.

Amor Mentiroso

"para que me hagas presente en tu tiempo"
-fragmento de "Me Iré"/Pasos En El Viento-

Era de noche. Era hermosa. Llovían huesos. Era el día de los muertos. Y le dije suave al oído: *antes de irme déjame elevarte,* y preguntó qué era lo que yo había dicho. Y seguí hablándole suave al oído y sin parar: *tocar tus senos hasta las costillas.* Ella comprendió a la perfección mis mundanas intensiones.

Veíamos televisión en la sala de su casa con la luz apagada, para dar ambiente de cine. Ella llevaba una falda blanca, larga y de bordados típicos, acompañada de una camiseta *pacer* sin mangas y de color azul celeste, que le quedaba ajustada al dorso. Se veía hermosa vestida así.

Parecía leer mis pensamientos y jugaba a un "Sí" mojigato. Despertando mis más bajas pasiones. Está de más decir que no imaginaba la idea de irme sin conseguir mi objetivo.

Así, mientras calentaba su oreja diciéndole: antes de elevarnos deja te digo, no tengas miedo, tú estás conmigo. Su risa seducía mis ojos viendo la forma de sus labios al reírse de una manera tan sensual que su forma de sonreír invitaba a decirle más sandeces.

Levanté mi mano izquierda a contraluz del televisor que transmitía desde el reproductor de dvd la alemana La Vida De Los Otros y proseguí con la invitación: *mira mis manos, dejaran de temblar, hasta que dejes de respirar.* Ella sobrepuso su mano con la mía y acarició mis dedos, bajó mi mano y besó mis uñas con la ternura de su respiración.

Intenté besarla y colocó su dedo índice en mi boca, rozando mis labios con la suavidad digna del momento. Entonces vacié mi siguiente rugido: *déjame el vino que corre en tus venas.* Para ese entonces ya me había dejado avanzar hasta la dulce textura de su cuello y su larga falda nos arropaba a los dos. *Necesito verte por dentro… necesito cambiar desde adentro,* le dije sin pensar absolutamente en nada más que no fuera conseguir quitarle la ropa y literalmente tatuar mi aliento en su piel.

Y justo cuando creí que era una de esas amantes mudas, me dijo con voz tenue, viéndome directo a mis ojos y poniendo sus manos en mi pecho: *veo tu ánima.* Levantó mi camiseta y besó mi pecho justo en el lugar en donde de mi corazón surge un volcán.

En ese momento sentí un extraño escalofrío que recorrió mi espalda al son de su mirada. *Déjame ayudarte na'más dime como y así será,* rezó susurrando y me besó.

Un extraño equilibrio comenzaba a darse entre nosotros. Ella había logrado ver mi interior y eso me asombraba, aunque no olvidaba mis intensiones carnales que eran las que al final de cuentas me tenían sumergido en ella recitándole retazos de una vieja canción, que también ella había logrado conocer porque yo le había prestado el disco que la contenía, sin embargo, no podía evadir la claridad de su ser. Su densa espiritualidad y mis ancestrales instintos que siempre he creído tener habían encontrado una fluctuación en el universo, que había permitido nuestro encuentro.

Era de noche. Era hermosa. Llovían huesos y también era el día de los muertos. Algún significado especial debía tener. Con todos esos elementos juntos algo debía pasar.

Permítanme entonces contarles cómo fue que llegué hasta su sofá. Debo comenzar diciendo que su nombre es Mariana, que la conocí en la universidad en el mes de agosto, me la presentó Rosendo, ese día llovía y la cercanía de la universidad con el Merendón nos regaló un ambiente frío, del mismo que combina perfecto con un café y un buen cigarro. Así que vencí la timidez que me acompañaba en esos días grises y la invité a ir conmigo al café que está en la entrada principal de la universidad.

Vaciló un poco, argumentando tener clases, pero finalmente aceptó. Pedimos café y nos ubicamos en una mesita con dos sillas como preparadas para nuestro encuentro. Le pregunté qué estudiaba y contestó: Licenciatura en Pedagogía. Vas a ser maestra le dije, tomando confianza en la conversación. Sonrió y me preguntó lo mismo, le conté que cursaba la carrera de Sociología. -¡Sos comunista!- me dijo entre risas. Le respondí que algo parecido y así empezamos a hablar de los problemas que aquejan al sistema educativo, descubriendo luego que ella había militado en uno de los Frentes de la universidad.

Indagó después en mis gustos musicales, le confesé sin temor alguno que mi artista de culto es Saúl Hernández, que me interesa todo lo que ha hecho. Que a mi gusto su mejor disco es "El Silencio". Afortunadamente no lo había escuchado y le interesaba qué tipo de música hacía ese extraño personaje al que yo me refería con gran respeto, así que me dejó hablar, cosa que no suele pasar, aún más curioso es que ese día andaba conmigo "El Nervio Del Volcán" y se lo presté, así ella podría tener una referencia más clara de lo que yo hablaba.

Mariana me contó que era del occidente del país, que había nacido en Santa Rosa de Copán. Pero que con el tiempo su familia se había radicado en Villanueva. Que estaba por egresar y que no sabía qué hacer de su vida, para suerte de ella la mayor parte de la juventud en este país no sabe qué hacer de su vida, la verdad es que para ser honestos debemos admitir que no hay muchas opciones, pero ese no es el punto. Volvamos entonces a mi historia.

La siguiente pregunta es casi como obligada, les debo recordar que en estos casos asumo la pose del conquistador bohemio, el que sabe de política y escucha a Silvio, cosa que no me avergüenza confesar. Le pregunté si leía, -"¡algo!"-, contestó con simpleza. Parecía que el tema de la literatura no le era interesante. Y durante un par de minutos hablamos de cosas triviales, de las clases, de los amigos en común, de mi gusto por las pastas, que coincidía con ella en eso por lo menos. Ofrecí mis servicios de chef con una especialidad en pastas, idea que no le desagradó.

Desgraciadamente esos hermosos momentos de tranquilidad no duran tanto, y a las seis de la tarde nuevamente los dos teníamos clases, nos despedimos, pero con el acuerdo de repetir el soberbio acto de faltar a clases para tomarnos un café, fumar un cigarro y hablar un poco, intercambiamos números de teléfono para ponernos de acuerdo.

Durante los siguientes días sobre el fin de semana no logramos hacerlo, cosa que alcanzó a hacerme sentir algo desesperado. La había logrado ver, pero muy de prisa, siempre acompañada de Ana, su amiga inseparable, decidí entonces mandarle algunos mensajitos de texto, y ella se había excusado diciendo que tenía problemas familiares y que por tal razón se iba temprano de la universidad.

Fue hasta una tarde de octubre que nos encontramos en la plaza de la universidad, yo había estado enfermo de la miserable gastritis que me aqueja algunas noches, y lucía algo abstraído, la vi de lejos, estaba con algunos amigos y llegué a saludar a todo el grupo pero a ella le insinué con un gesto de manos que se acercara a mí y ella dijo no con la cabeza y me señaló un punto intermedio, nos acercamos mutuamente y al saludarla me sorprendió con un beso. Absorto en el beso, la vi. Durante unos minutos estuvimos hablando acerca de cómo nos había ido en los días en que no habíamos podido vernos y al despedirse lo hizo primero con los demás, dejándome al final para darme un hermoso beso, un beso que me transportó a su interior, bueno por decir algo poético.

Más tarde, esa noche, me mandó un mensaje de texto diciéndome que esperaba que me hubiera gustado el beso. El beso me encantó. Deseaba repetirlo lo más pronto posible.

Durante unos días no nos vimos y el único lazo que nos unía era la *mensajeada* que dimos durante los tres días próximos y al presentir que me evadía después del beso le apodé "amor mentiroso" a lo que sabiamente sumó: *"paciencia, es lo primero que se debe aprender a tener en esa pequeña cosa llamada amor".*

Al fin, de tanto insistir en verla, y como dice mi abuela, quien es una mujer muy vieja y muy sabia, *"el que no llora, no mama"*, me invitó a su casa un sábado por la tarde, era 2 de noviembre para ser exactos, me pidió que llevara una película para verla juntos y así emprendí, con película en mano, el largo viaje de dos horas hasta Villanueva. Al llegar me hizo pasar a su sala, su familia parecía estar ausente, era la oportunidad perfecta, pensé, hablándome como un degenerado, acudí a la cita con el afán de meterme entre sus piernas. Lo demás dejaré que ustedes se lo imaginen, que con sus herrumbrosas y mórbidas mentes, sé con certeza, que no necesito dar detalles de mi encuentro romántico con Mariana. Ustedes son capaces de construir la imagen que quieran y sé muy bien que acertaran en la mayoría de los detalles.

Tríptico 6: Posludio

Un cuento para estar solo…

"all things must pass"
George Harrison

Un diminuto ser caminaba cantando, sin que nada más en el mundo le importara, tarareaba una canción al caminar y de esta manera caminó durante muchos días, tarareándola. Pero como caminaba sin fijarse por donde iba, un día cayó en un vaso. Un vaso enorme. Tan grande era este vaso que apenas distinguía el borde desde el fondo.

Cinco días lloró, tres más no despegó la mirada del borde del vaso. Arriba, a menudo, creía escuchar los pasos de otras gentes, y solía gritarle al silencio.

-¿Quién está ahí? ¿Quién canta esa canción? ¿No se dan cuenta que esa canción es mía?-. Gritaba… pero nadie le contestó.

Afuera, es cierto que había más gente, había tantas personas que al pasar se tropezaban unas con otras y nunca se detenían para ver hacia abajo, tampoco podían escuchar pues todos usaban iPods con volumen siempre alto.

En el fondo del vaso se sufría de claustrofobia durante el día y de humanidad por las noches. Así pasaron los días y hasta podría decirse que daba la sensación de que el mundo se iba a acabar de un sorbo a este diminuto ser.

En un día caluroso la inclinación del sol le hizo reflejarse en las paredes del vaso, y este diminuto ser después de tantos días se vio. Tardo en reconocerse, pasó dos horas viéndose, acariciando el reflejo. Al día siguiente hizo lo mismo y así pasó haciendo lo mismo durante muchas semanas.

Distinguió después de un mes, que sobre la ceja izquierda tenía una pequeña cicatriz y vio también que su nariz era un poco más grande de como él la imaginaba, que sus dientes frontales eran algo separados y que sus ojos eran de color oscuro. Descubrió en él, que poseía una mirada tímida.

Poco tiempo después de estos acontecimientos, una noche escuchó un ruido, un suave quejido, el miedo de no saber qué o quién era, le hizo quedarse en silencio y completamente quieto, esperando con ansiedad la mañana. Al amanecer vio que era una niña.

Se quedaron viendo durante unos minutos. Mientras él observaba detenidamente la niña, sus manos, sus uñas, su cara, sus ojos, su pelo, su espalda… ella no quitaba la vista de la cicatriz sobre la ceja izquierda del hombrecito.

Él no dudo en contarle que al principio se sintió muy mal y que descubrió su reflejo en las paredes del vaso y se lo mostró.

La niña también se reflejó en las paredes del vaso y le gustó lo que vio, le gustó verse al lado de ese hombrecito que apenas conocía, le gustó saber de la existencia de su reflejo. Así, los días que pasaron después, jugaron con sus reflejos. Él con sus manos y ella hizo de la cicatriz sobre su ceja izquierda, su fetiche.

Una mañana, ya se habían olvidado de salir del vaso, se habían acostumbrado durante el día a jugar con sus reflejos y por las noches a dormir abrazados. Pero esa mañana llovió y un olor dulce penetró sus sentidos, cerraron sus ojos y abrieron el corazón, sintiéndose felices y muy bien.

Cuando la lluvia cesó y se dieron cuenta que el vaso era ya muy pequeño para los dos, supieron que era necesario salir de ahí. El hombrecito se sentó con las piernas cruzadas apoyando su cuerpo sobre sus brazos hacia atrás, la niña caminaba inquieta dando vueltas en el fondo circular e infinito del vaso. Hasta que se cansó de dar vueltas, se recostó a un lado de él y se durmió.

El hombrecito recordó que la lluvia de hace un rato les hizo sentirse bien cuando cerraron sus ojos, y le pidió a la niña que se despertara, ella se puso de pie enseguida y preguntó ansiosa —"decíme: ¿qué has pensado?"-. Y el hombrecito le propuso cerrar los ojos para imaginar que el vaso no existía más, así, éste acabaría por desaparecer.

Para la niña esto era una locura, miró con tristeza al hombrecito y volvió a caminar dando vueltas en el fondo del vaso, que ya para ese momento había empezado a asfixiarlos de encierro.

Mientras él insistía que intentándolo sólo se jugaban una carta, ella no lo escuchaba porque un ruido interno había aparecido, entonces, el hombrecito decidió cerrar sus ojos e imaginó que el vaso desaparecía y cuando volvió a abrirlos estaba frente a la Catedral de las Mercedes.

Una vez afuera, para el hombrecito era muy triste pensar en la niña, ella se había quedado sola en el vaso, él también estaba solo ahora, parecían muchos años el tiempo pasado en el interior del vaso, ya no había amigos, ni familia. Nadie le conocía y sintió nuevamente soledad y miedo, claustrofobia y humanidad, su mano apretaba un aparato extraño y muy delgado, el hombrecito se le quedó viendo fijamente.

Ese aparato no era más que un reproductor, cuyo nombre de marca era: CLAIREiPod.

Mariana

———

Mariana guardó sus recuerdos en su cajón morado, para enterrarlos y no olvidarlos, dejarlos lejos sencillamente. Lo comentó con su amigo León, él, adoptando una actitud de apoyo para Mariana, sonrió guardando el secreto. Pero en realidad esto le molestó.

Hace un tiempo que Mariana quedó abstraída del mar, con la mirada quieta en un vaso de agua dulce de color amarrillo. En realidad ella no deseaba otra cosa más que reír sin que importara el por qué, al fin y al cabo algunos seres suelen hacer eso para evadirse y volver a ellos después de burlar la vida, sin que ésta se dé cuenta desde su tibio cristal húmedo.

Cada mañana de cada martes partía con dirección a occidente, -¡a casa!-, le decía con frecuencia a León, y se iban lentamente enredando en los burdos recuerdos que dejaban caer en la ventana azulada del cuarto que habitaba tristemente ella, pero Mariana siempre tuvo la impresión de que algunos ojos la acechaban desde las sombras del mundo, desde los rezos que dejó su abuela en la triste cocina de aquella casita en aquel viejo pueblo.

León observaba a Mariana y sus deseos incontrolables

de rasgarle la garganta con sus garras de fiera llena de odio, se volvían cada vez más incontrolables. Pero realmente nunca supo expresar esa sensación y así calló lo que desde el fondo de su corazón deseaba que supiera Mariana y sabía que ella intentaría dejarlo así. León la amaba. Pero no podrían estar juntos ya que Mariana había comenzado a disolverse con sus sueños.

Sin embargo, la invitaba a subir a la luna y comer insectos, para verla yéndose a través de los ruidos que dejan las ánimas en ese lugar, para volver con nuevos recuerdos que llenaban su cabeza, para revivirla cuando quedara vacía de tanto odio.

La noche antes de su partida al mundo de los sueños, jugaron un par de días con las estrellas, juntándolas para cubrir sus rostros, ya nada importaba si lograba estar a su lado. Desde el rincón que le confinaba la soledad, León llamaba al corazón de Mariana para unirse a las vagas imágenes de su ser; descomponiendo su forma y volverse etéreo, si acaso sólo así Mariana nunca lo olvidaría.

Y así, decidida a irse, lo miró largamente a los ojos y se sumergió en su alma. León acaricio su ser junto a ella y lamió sus heridas. Se entregó hasta incinerar sus huesos, cambió su forma y se fue. -"Mariana no volverá"-, dijo para sí. León perdió su grito en los sonidos del mar, quiso evaporarse para no sentir nada y arrastrar su cadáver hasta quitarle el corazón y dárselo a los recuerdos, a los buitres, a los gusanos.

-Adiós Mariana, ojalá regresés con nuevos recuerdos para volver a la luna con ganas de morir a tu lado-.

———

Desde su habitación el Viejo lo observa todo. Lentamente saca un cigarro del paquete puesto en el borde de la ventana, se lo lleva despacio a la boca no sin antes oler su aroma a tabaco viejo, a trabajo sobre explotado; Olor que evoca muchos recuerdos. Lo enciende y mientras lo hace se escucha la quema del tabaco, se escucha el roce romántico del fuego con el tabaco añejado, para que de la peor forma, de la más egoísta que se pueda imaginar y sin mayores rencores por sus actos con alevosía, los niños sucios y descalzos que juegan fútbol en la calle le despiertan de su letargo.

— *¡señor, señor…! ¿Nos da permiso de sacar la pelota?* —. Lo convocan.

Sin pronunciar palabra alguna con aquellos personajes de la cuadra, levanta la mano en señal de aprobación. Más tarde, se encuentra sumergido en la noticia que conmovió al pueblo, el diario reporta que le han hallado. -"Después de tantos años el hijo de Doña Flor parece que va a tener cristiana sepultura"-. Piensa el Viejo.

Todo el pueblo comenta acerca del caso, otra vez; pasan a saludar a Doña Flor para darle ánimos, pues de la impresión del momento se ha complicado de salud. Y mientras lee la noticia del hallazgo de la fosa clandestina donde han encontrado el cuerpo del hijo de Doña Flor y tres jóvenes más -uno de los cuerpos según medicina forense, es el de una mujer-. El Viejo recuerda el día en que conoció al cipote, venía trasnochado de su primer día de trabajo y él mismo le contó sobre su comienzo en la fábrica del pueblo, como la gran mayoría de los de su edad, recuerda que le contó sobre la primera jodida que llevó por andar de pendejo.

Le habían dado su horario de trabajo, era de seis de la tarde a seis de la mañana, lo único que tenía que hacer era no dejar pasar producto que no cumpliera las estrictas normas de calidad. Como a la una de la mañana unos hombres le vieron cabecear y decidieron que le jugarían una broma; se le acercaron con una taza de *té de dormilona*, nadie sabe cómo le hacían, pero siempre metían el dichoso té de contrabando, le dijeron que si se lo tomaba no se dormiría.

El muy pendejo se lo tomó todo de un sorbo, como a los quince minutos yacía dormido, como desmallado, quedó tirado en el pasillo hacia los baños, seguro quiso mojarse la cara al sentir que el sueño era mayor y no alcanzó a llegar.

Como a las ocho de la mañana llegó el ingeniero y al darse cuenta, muy molesto, le mandó a llamar a su oficina. Pero el cipote parecía tener suerte, como si alguien allá arriba le quisiera mucho –al menos lo quiso por varios meses, hasta el día en que desapareció–.

Según las viejas chismosas de la cuadra se lo llevaron los *hombres de verde*. Y es que el hijo de Doña Flor sí que era pendejo, la gente dice que él fue el que quiso organizar el sindicato.

–Los jóvenes están llenos de tanta mierda, antes eran diferentes y no merecían morir–. Reflexiona el Viejo.

Luego de recordar al desafortunado muchacho, el Viejo, nuevamente saca un cigarro del paquete al borde de la ventana, pero lo hace de tal manara que parece que quisiera darle vuelta atrás al tiempo. Despacio, lo mira con gesto de hablarle, lo huele y lentamente como en un ritual prosigue a llevárselo a la boca, lo enciende y fuma. Al Viejo le gusta fumar solo, porque dice que así y sólo así, puede llamar a los recuerdos, ¡y vaya que tiene que recordar!

Mientras fuma su cigarro le agobia un *flashback* de su juventud, es en este momento que recuerda que quiso ser poeta, y vienen a él las imágenes de los versos de Benedetti, esos versos con los que le quiso decir –"Soy tuyo…"– pero que no le salió tan bien. Recuerda siempre la misma línea pues el resto del poema ha desaparecido *en la habitación de su mente*, sí, aquel que va: –*no sé cómo, ni sé con qué pretexto pero quedarme en vos*–.

Más tarde, es casi la hora del café y la cocina parece estar solitaria, tal vez estén todos donde Doña Flor. El Viejo entonces siente deseos de hacer café y decidido a vencer el miedo de echarlo a perder porque nunca recuerda si era que se molían o se quebraban los granos de pimienta gorda para darle sabor al café, entra a la cocina. Parece que otra vez lo hizo a su modo y no quedó como lo hacía Ella y reniega, reniega constantemente de sus ataques de asma, de su dolor en el brazo izquierdo, de su nublada visión, reniega del insomnio que lo acompañó siempre y hasta del café por no saber tan bien como él esperaba.

Pero no le gusta tomar café solo, así que invita a sus mejores acompañantes, coloca ese viejo disco en el reproductor y escucha esa vieja canción, tan vieja que cuando la escuchó por primera vez, ya era vieja, cuando quiso explicarle a Ella que la canción era una bella canción romántica y que en ésta se encerraba lo que él deseaba expresarle, le sorprendió saber después de un tiempo, que la canción en realidad habla de un joven a quien mataron en aquél viejo país atormentado por la dictadura, que la canción no era nada romántica y que no era para ninguna mujer. Ella parecía comprenderla mejor que él.

Pero no por eso la deshecha, pues le gustaba a los dos y así escucha todas las canciones que puede, las tararea, las baila, si acaso algún día pudo bailar y con la música la evoca en silencio; pero se detiene pues sabe que no le hace bien, que se lo han pedido infinidad de veces.

— *A esto he quedado reducido* —. Piensa para sí.

Un ruido de gente enfadada llama su atención, se asoma a la ventana y no distingue nada, pasan gritando algunas canciones que reconoce porque algún día anduvo con ellos, pero eso, hace ya mucho tiempo quedó atrás, ahora permanece encerrado en su habitación, murmurando los ecos que provoca estar solo, su único contacto con el exterior son el periódico matutino y las expresiones nostálgicas desde su ventana donde ha colocado una vieja silla, desde ahí puede observar por un lado a los cuadros, las fotos en la pared, su vieja cama, las arañas tejiendo historias sobre los libros apilados que ya no lee y hacia afuera las flores, la gente pasando, el ruido de los carros, los perros de día y los gatos en celo por la madrugada.

Pero a pesar de su apariencia abstraída y muy gastada, un día tuvo libertad y corría de prisa, a veces no tanto pues como todos… algunos ratos se distraía con cualquier cosa, con la música, la poesía y a veces simplemente se distraía reconociéndose en el espejo después de bañarse y cuando ya no habían sorpresas de las cuáles reírse, una tarde de julio le cambió todo, es así como el Viejo recuerda que en su billetera aquella foto aún sobrevive a los años, se le queda viendo, respira hondo y se detiene por un momento; saca un nuevo cigarro y le hace lo mismo que a los anteriores pero esta vez es diferente porque las lágrimas se deslizan desde sus ojos, recorren los canales que el paso del tiempo ha hecho en sus mejillas hasta caer al suelo.

Mientras el humo del tabaco entra suavemente en su cuerpo hasta invadir sus ya cansados pulmones, observa la vieja fotografía detenidamente y una infinidad de imágenes aleatorias invaden su cabeza, su cerebro trabaja más rápido, el tiempo parece haberse detenido, el ruido de la calle ya no se escucha porque cada latido es mucho mayor que él mismo. Su cara luce humedecida por las lágrimas, es precisamente ahora que un ataque de asma le saca de su estado de petrificación temporal.

– ¡No puedo ni llorarte en paz! – Vocifera jadeante viendo la foto.

Cierra la billetera y se la vuelve a guardar en el bolsillo. Poco después de reponerse, en este lado del mundo es casi la hora de la cena. – ¿Habrá regresado Marcela? –, se pregunta. Al Viejo le invade el agradable placer de sentarse a platicar con Marcela mientras cenan, pero últimamente ella anda muy callada y no tiene tiempo para narrar sus aventuras cotidianas.

– ¡Hoy hubo una marcha, hija…! –
– ¿Sí?, ¿ahora qué piden? –.
– ¡No son así las cosas!, ¿sabés?, ¡tu madre no pensaba igual! –.
– ¡Mi madre, no lidiaba con mis problemas…! –
– ¡Ella era especial, deberías callarte! –.
– ¡Ah sí Papi, tal vez lo haga, algún día! –
– En el fondo sos igual a ella –.

La breve conversación termina, pero en su interior el Viejo sabe que tiene la razón y se lo reafirma. Ella era especial. Conservó siempre el encanto de aquellos días, en los que el sol no salía, el Viejo la recuerda, pero esta noche, una vez más, irá a la cama solo. Después de la cena, sus actos se vuelven mecánicos; fumarse un cigarro, cambiarse la ropa, cepillarse los dientes, guardar sus lentes, ¿o era al revés?, también escucha la radio, pero esta rutina es mucho más antigua, debió adquirirla cuando estaba en la secundaria, debió ser justo cuando Edgardo Zúniga Jr., el mítico locutor, se despedía diciendo: *"¡gracias, totales!"*, después de presentarle a *los demonios* —como le decía su madre—, y cerraba transmisión.

Por la mañana, y sólo después del obligado baño matutino, su taza de café literalmente le devuelve el alma, y piensa:

—La vida sabe distinta por la mañana—.

Especialmente esta mañana. La vida se ve diferente. Sin ánimos de amargarse la existencia tan temprano, decide entonces que no leerá el periódico, y así como su hija se lo entrega lo olvida en la mesa.

— ¿Estás enojado?—
— Tal vez… —
— Papi… ¡vos sabés que lo siento! —
— ¡Tenés suerte que esté muy viejo y que corrás más rápido cipota! —
— ¡En verdad te lo agradezco papi! —

De regreso en su habitación después del desayuno abre la pequeña ventana con vista al mundo y el sol penetra cada centímetro de la habitación, el Viejo se queda viendo fijamente y observa que las hormigas del jardín han mandado un grupo de expedición hasta el borde de su ventana, pero les perdona la vida soplando lo más fuerte que puede.

Acomoda la silla de tal manera que esta vez sí lo ve todo, más que ayer al menos, pero antes coloca el cd que ya había escuchado y con éste pone a repetir la misma canción, y es que hoy amaneció tarareándola:

—Los mares se han torcido con no poco dolor hacia tus costas…– Tararea el Viejo.

Se acomoda en la silla, enciende un cigarro pero hoy prefiere que el tabaco únicamente aromatice la habitación como si fuera incienso, y lo deja quemándose lentamente en el cenicero.

– ¡De repente te has vuelto viejo y uno muy viejo! – piensa para sí mismo.

– ¡Recordar es una espera larga! – dice en voz alta.

Lo dice como queriendo encontrar respuesta en el silencio matutino del titiriteo de su también vieja silla. Y es cierto, la vida sabe distinta por la mañana, la vida se ve diferente esta mañana, se siente diferente, esta mañana. Tanto, que la sangre corre más rápido y comienza a tropezar con ella misma al interior del camino confuso en el que se han convertido sus venas. La prisa se vuelve un congestionamiento enorme y no llega. No llega a ningún rincón donde el Viejo necesita que ésta llegue.

El pulso se vuelve débil y la visión borrosa, entonces

cierra los ojos y prefiere las imágenes aleatorias de su interior, una sonrisa tranquilizadora se dibuja sutilmente en su rostro cansado, la canción suena más fuerte que al principio, pero es que después de quince minutos con la misma canción, ésta, se apodera del ambiente y se le hace imposible escapar, Ella se compadece del Viejo y de dónde sea que haya estado todos estos años esperándolo, decide hacerse aparecer, posiblemente para guiarlo. Pero esta mañana no sólo sabe, se ve o está distinta, sino que hasta huele diferente a las demás mañanas y no es por culpa del tabaco, el Viejo lo sabe, su olor ha penetrado cada rincón de la habitación como antes lo hiciera el sol. Ella toma la mano del Viejo y se van caminando despacio, sin decirse nada. Reconociéndose uno en el otro.

Ñ

Editores